KB026615

질문의 책

LIBRO DE LAS PREGUNTAS
by Pablo Neruda

Copyright © Fundación Pablo Neruda, 1974
Korean Translation Copyright © MUNHAKDONGNE Publishing Corp., 2013

Korean Edition is published by arrangement
with Agencia Literaria Carmen Balcells, S.A.

이 책의 한국어판 저작권은
Agencia Literaria Carmen Balcells, S.A.와
독점 계약한 (주)문학동네에 있습니다.
저작권법에 의하여 한국 내에서 보호를 받는 저작물이므로
무단 전재 및 무단 복제를 금합니다.

이 도서의 국립중앙도서관 출판예정도서목록(CIP)은
서지정보유통지원시스템 홈페이지(http://seoji.nl.go.kr)와
국가자료종합목록 구축시스템(http://kolis-net.nl.go.kr)에서 이용하실 수 있습니다.
(CIP제어번호: CIP2012006028)

질문의 책

The Book of Questions

파블로 네루다 시집
정현종 옮김

문학동네

차례

1

왜 거대한 비행기들은
자기네 아이들과 함께 날아다니지 않지?

어떤 노란 새가
그 둥지를 레몬으로 채우지?

왜 사람들은 헬리콥터들이
햇빛에서 꿀을 빨도록 가르치지 않지?

만월은 오늘밤
그 밀가루 부대를 어디다 두었다지?

2

내가 죽었는데 그걸 모른다면
누구한테 그 시간을 물어보지?

프랑스에서는, 샘물이 어디서
그렇게 많은 나뭇잎을 얻었을까?

벌들에 쫓기는 장님은
어디서 살 수 있지?

노란색이 고갈돼버리면
무엇으로 우리는 빵을 만들지?

3

말해줄래, 장미가 발가벗고 있는 건지
아니면 그게 그냥 그녀의 옷인지?

나무들은 왜 그들의
뿌리의 찬란함을 숨기지?

누가 도둑질하는 자동차의
후회를 들을까?

빗속에 서 있는 기차처럼
슬픈 게 이 세상에 또 있을까?

4

하늘에는 교회가 얼마나 있을까?

상어는 왜 청동 세이렌들을
공격하지 않을까?

연기는 구름과 이야기하나?

우리의 욕망들은 이슬을
뿌려줘야 한다는 건 맞나?

5

네 혹 아래 보호하고 있는 게 뭐지?
낙타가 거북이에게 말했다.

거북이가 대답했다:
너는 오렌지들한테 무슨 말을 하지?

배나무는 『잃어버린 시간을 찾아서』보다
이파리를 더 많이 갖고 있을까?

나뭇잎들은 노란색을 느낄 때
왜 자살을 할까?

6

밤의 모자는 왜
구멍투성이로 날까?

묵은 재는 무슨 말을 할까
그게 불 근처를 지날 때?

구름들은 그렇게 많이 울면서
점점 더 행복해질까?

태양의 암꽃술은 일식의 어둠
속에서 누구를 위해 탈까?

하루 속에 벌들은 얼마나 많을까?

7

평화는 비둘기의 평화일까?
표범은 전쟁을 벌이나?

교수는 왜
죽음의 지리학을 가르칠까?

학교에 늦은 참새들한테는
무슨 일이 일어날까?

그들이 투명한 편지들을
하늘에 뿌린다는 건 사실일까?

8

냉혹하고 사납게 불을 내뱉는
화산들을 뒤흔들어놓는 건 뭘까?

왜 크리스토퍼 콜럼버스는
스페인을 발견할 수 없었을까?

고양이는 얼마나 많은 질문을 갖고 있을까?

눈물은 아직 흐르지 않은 채
작은 호수들에서 기다릴까?

아니면 그들은 슬픔을 향해 흐른
보이지 않는 강들일까?

9

태양은 어제와 같은 것일까
아니면 이 불은 그 불과 다를까?

우리는 구름에게, 그 덧없는 풍부함에 대해
어떻게 고마움을 표시할까?

뇌운(雷雲)은 그 눈물의 검은 부대들을
가지고 어디서 오는 것일까?

작년의 과자처럼 달콤한
그 모든 이름들은 어디 있을까?

도날다들, 클로린다들,
에두비히세들은 어디로 갔을까?

10

폴란드 사람들은, 오는 백 년 동안
내 모자에 대해 어떻게 생각할까?

내 피를 만져본 적이 없는 사람들이
내 시에 대해 무슨 말을 할까?

맥주에서 흘러내리는 거품을
우리는 어떻게 측량할까?

페트라르카의 한 소네트 속에
갇혀 있는 파리는 뭘 할까?

11

우리가 이미 말을 해버렸다면
다른 사람들은 얼마나 오래 말을 할까?

호세 마르티는 마리네요 선생에 대해
뭐라고 말할까?

어쨌든 11월은 몇 살이나 되었을까?

가을은 그렇게 많은 노란 돈으로
계속 무슨 값을 지불하지?

보드카와 번개를 섞는
칵테일 이름은 뭐지?

12

한없이 많은 흰 이들로
쌀은 누구에게 미소지을까?

가장 어두운 세기들에 왜
그들은 보이지 않는 잉크로 쓸까?

카라카스에서 온 미녀는 알까
장미가 얼마나 많은 스커트를 갖고 있는지?

벼룩들과 문학적인
하사관들은 왜 나를 물지?

13

관능적인 악어들은
오스트레일리아에만 산다는 건 정말일까?

오렌지 나무 속에 들어 있는 햇빛을
오렌지들은 어떻게 분배할까?

소금의 이빨들은
쓰디쓴 입에서 나온 것일까?

검은 콘도르가 밤에
우리나라 위로 난다는 건 정말일까?

14

루비들은 석류 주스 앞에 서서
무슨 말을 했을까?

왜 목요일은 스스로를 설득해
금요일 다음에 오도록 하지 않을까?

청색이 태어났을 때
누가 기뻐서 소리쳤을까?

제비꽃들이 나타날 때
왜 땅은 슬퍼할까?

15

조끼들은 저항을
준비한다는 건 맞는 말인가?

봄은 왜 다시 한번
그 초록 옷들을 주는 것일까?

하늘의 창백한 눈물에
왜 농사는 웃을까?

버려진 자전거는 어떻게
그 자유를 얻었을까?

16

소금과 설탕은
흰 탑을 세우기 위해 일을 할까?

개미집 속에서는
꿈이 의무라는 건 사실일까?

당신은 지구가 가을에
무슨 명상을 하는지 아는가?

(첫 황금빛 나뭇잎에
왜 메달을 주지 않을까?)

17

가을이 노란 암소 같다는 걸
당신은 알아차렸는가?

초로(初老)의 짐승은 얼마나 있다가
검은 해골인가?

겨울은 어떻게
그 많은 청색 층을 모았을까?

누가 봄한테
그 맑은 공기의 왕국을 청했나?

18

포도알들은 어떻게
포도송이의 정책을 알게 되었을까?

그리고 영글게 놔두는 것과 따는 것 중에
어떤 게 더 힘든지 당신은 아는가?

지옥 없이 사는 건 나쁘다:
우리가 그걸 재건할 수 없을까?

그리고 슬픈 닉슨을
화로 위에 앉히는 건?

그를 약한 불에
북미 네이팜탄과 함께 굽는 건?

19

그들은 옥수수밭에서
금을 세었나?

파타고니아에서는, 한낮에
안개가 초록이라는 걸 당신은 아나?

버려진 늪 밑바닥에서
누가 노래하나?

수박은 그게 살해될 때
무엇 때문에 웃나?

20

호박(琥珀)은 세이렌들의
눈물을 담고 있다는 건 정말일까?

새에서 새로 날아가는 꽃을
사람들은 뭐라고 부르지?

너무 늦는 것보다 하지 않는 게 낫지 않나?

치즈는 왜 프랑스에서
영웅적인 일을 하기로 결정했을까?

21

빛이 만들어졌을 때
그건 베네수엘라에서 그랬나?

바다의 중심은 어디일까?
왜 파도는 그리로 가지 않나?

유성(流星)은 자수정의
비둘기였다는 건 정말인가?

내가 내 책에 대해 물을 수 있을까
그걸 정말 내가 썼는지?

22

사랑, 그와 그녀의 사랑,
그게 가버렸다면, 그것들은 어디로 갔지?

어제, 어제 나는 내 눈에게 물었다
우리가 언제 다시 보게 될까?

그리고 당신이 풍경을 바꿀 때
맨손으로 그렇게 하나 아니면 장갑을 끼고 하나?

물의 청색이 노래할 때
하늘의 소문은 어떻게 냄새를 맡나?

23

나비가 변신을 한다면
그건 나는 물고기가 될까?

신이 달에서 살았다는 건
그럼 정말이 아니었나?

제비꽃의 푸른 울음의
냄새는 무슨 색깔일까?

하루에는 얼마나 많은 요일이 들어 있고
한 달에는 얼마나 많은 해(年)가 들어 있을까?

24

4는 모든 사람에게 똑같이 4일까?
모든 일곱들은 같을까?

죄수가 빛에 대해 숙고할 때
그건 당신한테 비추는 빛과 같은 것일까?

병자에게 4월은
무슨 색깔이라고 당신은 생각하나?

서양의 어떤 군주국이
양귀비 깃발을 펄럭이게 될까?

25

왜 숲은 눈을 기다리기 위해서만
옷을 벗었을까?

캘커타의 신들 중 어떤 게
신인지 우리는 어떻게 아나?

모든 누에들은 왜
그렇게 너덜너덜하게 사나?

체리 속의 달콤함은
왜 그렇게 단단할까?

그게 죽어야 하기 때문일까
아니면 계속되어야 하기 때문일까?

26

나한테 성(城)을 바친
그 근엄한 상원위원은

그 암살자의 케이크를
자기 조카와 함께 이미 먹어치웠을까?

매그놀리아는 그 레몬의
향기로 누구를 속였을까?

독수리는 구름 위에 누워 있을 때
그 단검을 어디 놔둘까?

27

그 기차들은 길을 잃었을 때
혹시 창피해서 죽지 않았을까?

누가 쓴 알로에를 본 일이 없을까?

폴 엘뤼아르 동무의 두 눈은
어디 심겨져 있을까?

가시들이 있을 자리 있어?
하고 그들이 장미나무에게 물었다.

28

노인들은 왜
빚이나 화상(火傷)을 기억하지 못할까?

놀란 아가씨한테서 나는
냄새는 진짜일까?

가난뱅이들은 왜 그들이 가난에서
벗어나자마자 이해하지 못할까?

당신의 꿈속에서 울릴
종을 당신은 어디서 찾을까?

29

태양과 오렌지 사이의
왕복 거리는 얼마나 될까?

태양이 그 불타는 침대 위에서
잠들었을 때 누가 그걸 깨우나?

지구는 하늘의 음악 가운데서
귀뚜라미처럼 노래하나?

슬픔은 진하고
우울은 엷다는 건 사실인가?

30

그의 푸른 책을 썼을 때
루벤 다리오는 초록이 아니었을까?

랭보는 주홍빛이 아니었으며
공고라는 보라색이 아니었을까?

빅토르 위고는 삼색(三色)?
그리고 나는 노랑 리본?

가난한 사람들의 모든 기억은
마을들에 떼지어 몰려 있을까?

그리고 부자들은 그들의 꿈을
광석을 조각한 상자에 보관할까?

31

누구한테 물어볼 수 있지 내가
이 세상에 무슨 일이 일어나게 하려고 왔는지?

왜 나는 원치도 않으면서 움직이고
왜 나는 가만히 앉아 있지 못하지?

왜 나는 바퀴도 없이 굴러가고
날개나 깃 없이 날며

그리고 왜 나는 이주를 결정했지
내 뼈가 칠레에 살고 있는데?

32

파블로 네루다라고 불리는 것보다 더
어리석은 일이 인생에 있을까?

콜롬비아 하늘에는
구름 수집가가 있나?

우산들의 집회들은 왜
항상 런던에서 열리지?

시바의 여왕은
색비름 색깔 피를 가졌었나?

보들레르가 울 때
그는 검은 눈물을 흘렸나?

33

사막의 여행자에게
태양은 왜 그렇게 나쁜 동행인가?

그리고 왜 태양은
병원 정원에서는 그렇게도 마음 맞는 친구일까?

이 달빛 그물 속에 있는 건
새들인가 아니면 물고기인가?

내가 마침내 나 자신을 찾은 곳은
그들이 나를 잃어버렸던 곳인가?

34

내가 잊어버린 미덕들로
나는 새 옷 한 벌 꿰맬 수 있을까?

프랑스에서는 왜
최고의 강들을 흐르게 했을까?

볼리비아에서는 왜
게바라의 밤 뒤에 새벽이 아닐까?

그리고 그의 암살된 심장은
거기서 그의 암살자들을 찾을까?

사막의 검은 포도는
눈물에 대한 기본적인 갈증이 있을까?

35

우리의 삶은 두 개의 모호한 명확성
사이의 터널이 아닐 것인가?

아니면 그건 두 개의 검은 삼각형
사이의 명확성이 아닐 것인가?

아니면 삶은 새가 될 준비가
되어 있는 물고기가 아닐까?

죽음은 비존재로 이루어져 있거나
아니면 위험한 물질로 되어 있지 않을까?

36

결국 죽음은
끝없는 부엌이 아닐 것인가?

당신의 부서진 뼈는 다시 한번
당신의 형상을 찾으며 무엇을 할까?

당신의 절멸(絶滅)은 또하나의
목소리와 다른 빛에 흡수되지 않을까?

당신의 벌레들은 개들과
나비들의 일부가 되지 않을까?

37

체코슬로바키아 사람들이나 거북이들이
당신의 재에서 태어나지 않을까?

당신의 입은 다른, 절박한 입술로
카네이션에 키스하게 되지 않을까?

그러나 당신은 죽음이 어디서 오는지 아는가
위에서 아니면 아래에서?

미생물에게서 아니면 벽으로부터,
전쟁으로부터 아니면 겨울로부터?

38

당신은 죽음이 체리의 태양
속에 산다고 믿지 않는가?

봄의 키스가 또한
당신을 죽일 수 없는가?

당신의 앞길에 슬픔이
당신 운명의 깃발을 들고 있다고 믿는가?

그리고 해골 속에서 당신은
당신의 선조가 뼈가 되도록 선고된 걸 발견하는가?

39

당신은 바다의 웃음 속에서
또한 위험을 느끼지 않는가?

당신은 양귀비의 새빨간 비단에서
어떤 위협을 보지 않는가?

당신은 사과꽃이 오로지
사과 속에서 죽는 걸 보지 못하는가?

당신은 망각의 병(瓶)들을 지닌
웃음에 둘러싸여 울지 않는가?

40

털북숭이 콘도르는 그 임무를
다한 뒤에 누구한테 알리나?

외로운 양의 슬픔을
사람들은 뭐라고 부르나?

비둘기들이 노래할 줄 안다면
비둘기장에서는 무슨 일이 일어날까?

파리들이 꿀을 만든다면
그들은 벌들을 화나게 할까?

41

코뿔소가 측은지심을 갖게 된 뒤
그는 얼마나 오래 버틸 수 있을까?

최근의 봄 나뭇잎들한테
새로운 게 무엇일까?

겨울에, 나뭇잎들은
뿌리와 함께 숨어 살까?

나무가 하늘과 대화할 수 있기 위해
땅에서 배운 게 무엇일까?

42

항상 기다리고 있는 사람은 아무도
기다리지 않는 사람에 비해 더 고통스러운가?

무지개는 어디서 끝나나,
당신의 영혼에서인가 아니면 지평선에서인가?

하늘은, 자살들을 위해서는,
한 보이지 않는 별일 것인가?

유성이 거기서 떨어지는
그 철의 포도밭은 어디일까?

43

당신이 잘 때, 당신 꿈속에서
당신과 사랑한 그 여자는 누구인가?

꿈속의 사물들은 어디로 가지?
그것들은 다른 사람의 꿈속으로 가나?

그리고 당신의 꿈속에 사는 아버지는
당신이 깬 뒤 다시 한번 죽나?

꿈속에서, 식물들은 꽃을 피우며
그들의 묵직한 과일은 익나?

44

나였던 그 아이는 어디 있을까,
아직 내 속에 있을까 아니면 사라졌을까?

내가 그를 사랑하지 않았다는 걸 그는 알까
그리고 그는 나를 사랑하지 않았다는 걸?

왜 우리는 다만 헤어지기 위해 자라는데
그렇게 많은 시간을 썼을까?

내 어린 시절이 죽었을 때
왜 우리는 둘 다 죽지 않았을까?

만일 내 영혼이 떨어져나간다면
왜 내 해골은 나를 좇는 거지?

45

숲의 노란색은
작년 것과 같은가?

그리고 완강한 바닷새의
검은 비상은 그걸 되풀이하나?

죽음이라거나 영원이라고 불리는
공간은 어디서 끝나지?

슬픔과 기억 중에서
어떤 게 혁대에 더 무겁게 달릴까?

46

그리고 십이월과 일월 사이에 있는
달의 이름은 무엇일까?

무슨 권한으로 사람들은
포도송이의 열두 알을 셀까?

왜 일 년 내내 계속되는 좀더 긴
달을 우리한테 주지 않았을까?

봄은 꽃피지 않는 키스로
당신을 속인 적이 없는가?

47

가을이 한창일 때
당신은 노란 폭발들을 듣는가?

무슨 이유로 아니면 부당함으로
비는 그것의 기쁨을 우는가?

새떼가 날아갈 때
어떤 새가 앞장을 서나?

벌새는 어떻게
그 눈부신 대칭을 이룬 채 있나?

48

세이렌들의 유방은
바다의 나선형 조가비인가?

아니면 석화된 파도이거나
거품의 정지된 놀이인가?

초원은 야생 반딧불이로
불이 붙지 않았나?

가을의 미용사는
이 국화들을 빗질해주지 않았나?

49

내가 바다를 한 번 더 볼 때
바다는 나를 본 것일까 아니면 보지 못했을까?

파도는 왜 내가 그들에게 물은 질문과
똑같은 걸 나한테 물을까?

그리고 왜 그들은 그다지도 낭비적인
열정으로 바위를 때릴까?

그들은 모래에게 하는 그들의 선언을
되풀이하는 데 지치지 않을까?

50

누가 바다를 설득해
분별 있게 할 수 있을까?

그게 부서지는 남청색 호박(琥珀)과
초록 화강암에서 얻는 게 무엇일까?

그리고 바위에는 왜 그렇게
주름과 구멍이 많을까?

나는 바다 저쪽에서 왔다
이제 그게 나를 방해하면 나는 어디로 가나?

나는 왜 바다의 함정으로
떨어지는 길을 폐쇄했을까?

51

여자들과 오줌 냄새가 나는
도시들을 나는 왜 혐오할까?

도시는 진동하는 매트리스들의
대양이 아닐까?

바람의 대양주는
섬들과 야자수들을 갖고 있지 않나?

왜 나는 끝없는 바다의
무관심에로 돌아왔나?

52

날의 평화를 어둡게 한
그 검은 오징어는 얼마나 컸을까?

그 다리들은 쇠로 되어 있고
그 눈은, 죽은 불의 눈인가?

그리고 왜 그 삼색 고래는
내가 길 가는 걸 방해했을까?

53

수포로 덮여 있는 상어를
누가 내 눈 앞에서 삼켰나?

누가 유죄인가, 돌풍인가
아니면 피로 물든 물고기들인가?

이것이 질서나 전장(戰場)에 대한
끊임없는 파괴인가?

54

제비들이 달에 정착하려고
간다는 건 정말일까?

그들은 봄을 코니스들*에서
떼어내 가지고 갈까?

달 제비들은
가을이면 떠날까?

그들은 하늘을 쪼아서
비스무트 금속의 흔적을 찾을까?

그리고 그들은 먼지 않은
발코니로 돌아올까?

* 코니스(cornice): 주두(柱頭)의 상부구조. 배내기.

55

왜 사람들은 두더지와
거북들을 달에 보내지 않을까?

구멍과 굴들을 능숙하게
파는 그 동물들은

이렇게 멀리서 하는
검사를 받을 수는 없을까?

56

단봉낙타가 그들의 혹 속에
달빛을 지니고 있다는 걸 믿지 않는가?

그들은 그걸 불가사의한
지속성을 갖고 사막에 뿌리지 않는가?

그리고 바다는 짧은 시간 동안
지구에 대여된 게 아닌가?

우리는 그걸 그 파도와 함께
달에게 돌려주어야 하지 않을까?

57

행성간의 키스들은
금지하는 게 최선이 아닐까?

다른 행성으로 가는 채비를 하기 전에
왜 그러한 일들을 분석하지 않을까?

우주복을 입은
오리너구리는 왜 안 되나?

편자들은 달 위의
말들을 위해 만들어진 게 아닐까?

58

밤에 두드린 게 무엇이었을까?
행성들이었나 아니면 편자?

오늘 아침 나는 벌거벗은 바다와
하늘 중 하나를 선택해야 하나?

그리고 하늘은 왜 그렇게 일찍
안개를 차려 입었나?

이슬라 네그라*에서 나를 기다린 건 무엇인가?
초록 진실인가 아니면 품격인가?

* 네루다가 만년을 보낸 바닷가의 집.

59

왜 나는 신비롭게 태어나지 않았나?
왜 나는 친구들 없이 자라지 못했나?

누가 내 자부심의 문들을
부수라고 나에게 명령했나?

그리고 내가 자거나 아플 때
누가 나를 위해 살려고 나섰나?

그리고 사람들이 나를 잊지 않은 곳에서는
어떤 깃발을 올렸을까?

60

망각의 법정에서
나는 무슨 중요성을 갖고 있나?

장차 어떻게 되리라는 얘기,
어떤 게 진짜 그림일까?

그것은 노란 더미 속의
곡식 씨앗일까?

아니면 뼈가 많은 가슴일까,
복숭아의 사절(使節)인?

61

흐르는 수은 방울은
아래로 떨어지나 아니면 영원으로?

내 슬픈 시는
내 자신의 눈으로 바라볼 것인가?

내가, 무너져, 계속 잠을 잘 때
나는 내 냄새와 내 고통을 가질 것인가?

62

죽음의 통로를 끝까지
간다는 건 뭘 뜻하나?

소금 사막에서
꽃을 피울 수 있을까?

아무 일도 일어나지 않는 바다에서
입고 죽을 옷은 있을까?

뼈들도 사라져버리면
마지막 먼지 속에는 누가 사나?

63

새들과 함께 마련된
그들 언어의 번역은 어떨까?

어떻게 거북이에게 말할까
내가 그보다 더 느리다는 걸?

어떻게 벼룩한테 물을까
그의 선수권이 몇 개나 되는지?

또는 카네이션한테 말을 할까
내가 그들의 향기에 감사한다는 걸?

64

왜 내 낡은 옷들은
깃발처럼 펄럭일까?

나는 때때로 악한가
아니면 언제나 선한가?

우리는 친절을 배우나
아니면 친절의 탈을 배우나?

악의 장미나무는 희고
선의 꽃들은 검지 않은가?

누가 무수한 순결한 것들에게
이름과 숫자를 부여하는가?

65

금속 한 조각은
내 노래의 한 마디처럼 빛날까?

낱말은 때때로
뱀처럼 미끌어질까?

오렌지 같은 이름은
당신 가슴으로 기어들지 않았나?

어떤 강에서 물고기는 오나?
은*세공*이라는 말에서?

너무 많은 모음을 채워넣으면
범선들은 난파하지 않나?

66

기관차(*locomotoras*)의 o들은
연기, 불 그리고 수증기를 내뿜나?

어떤 언어에서 비는
괴로운 도시들 위로 떨어지나?

새벽에, 어떤 부드러운 음절을
바다 공기는 되풀이하나?

양귀비(*amapola*)라는 말보다
더 넓게 열려 있는 별이 있나?

자칼(*chacal*)이라는 음절들보다
더 날카로운 두 개의 송곳니가 있나?

67

음절 문자표야, 나를 사랑할 수 있겠니,
그래서 나한테 뜻 깊은 키스를 해줄래?

사전은 하나의 무덤인가
아니면 봉해진 벌집인가?

어떤 창 안에 나는 남아 있었을까
파묻힌 시간을 응시하며?

내가 멀리서 바라본 건
내가 아직 살아보지 않은 것인가?

68

나비는 언제 그 날개에
쓰여 있는 비행기록을 읽을까?

그래서 그 여정을 알 수 있다면
벌은 어떤 문자를 알까?

개미는 어떤 숫자로
그 전몰장병들을 뺄까?

대폭풍들은
정지해 있을 때 뭐라고 부르나?

69

사랑에 대한 생각은
꺼진 화산 속으로 떨어지나?

분화구는 복수 행위인가
아니면 지구의 벌인가?

바다에 닿지 못하는 강들은
어떤 별들과 이야기를 계속할까?

70

히틀러는 지옥에서
어떤 강제노동을 할까?

벽에 페인트칠을 할까 아니면 시체를 다룰까?
그는 사자(死者)의 냄새를 맡을까?

거기서 그에게 수없이 태워 죽인
아이들의 재를 먹일까?

아니면, 그가 죽은 이래, 그들은 그에게
깔때기로 마시는 피를 줄까?

아니면 뽑아낸 금이빨들을
그의 입에 두드려 박을까?

71

혹은 그의 미늘 달린 철사
위에 눕혀 잠을 재울까?

혹은 지옥의 램프용으로
그의 피부에 문신을 할까?

혹은 불의 검은 마스티프*가
무자비하게 그를 물어뜯을까?

혹은 그의 죄수들과 함께 밤낮
쉬지 않고 여행을 할까?

혹은 영원히 가스 속에서
죽지 않은 채 죽어 있을 것인가?

* 사나운 큰 개.

72

만일 모든 강들이 달콤하다면
바다는 어디서 그 소금을 얻지?

계절들은 그들의 셔츠를
바꿔야 한다는 걸 어떻게 알지?

왜 겨울에는 그렇게 더디면서
나중에 그렇게 빨리 고동치지?

그리고 뿌리들은 어떻게 알지
빛을 향해 올라가야 한다는 걸?

그러고는 그 많은 꽃들과 색깔들로
대기와 인사해야 한다는 걸?

그 역할을 되살아나게 하는 건
늘 똑같은 봄일까?

73

지상에서 누가 일을 더 열심히 할까
인간일까 아니면 곡식의 태양일까?

전나무와 양귀비 중
누구를 땅은 더 사랑할까?

난초와 밀 중에서는
어떤 걸 더 좋아할까?

왜 꽃은 그렇게 풍부하고
밀은 지저분한 금빛일까?

가을은 합법적으로 들어서나
아니면 그건 언더그라운드 계절인가?

74

왜 나뭇잎들은 떨어질 때까지
가지에서 머뭇거릴까?

그리고 그 노란 바지들은
어디다 걸어놓았을까?

가을은 무슨 일이 일어나기를
기다리는 것 같다는 건 사실일까?

아마도 잎 하나의 흔들림이나
우주의 움직임?

땅 밑에는 자석이 있나,
가을의 형제 자석이?

땅 밑에서 정해진
장미의 약속은 언제인가?

홀연히 '처음'의 시간 속에

1973년 9월 세상을 떠나기 불과 몇 달 전에 마무리된 이 시집의 마흔네번째 작품에서 네루다는 "나였던 그 아이는 어디 있을까,/ 아직 내 속에 있을까 아니면 사라졌을까?" 라고 묻고 있는데, 이 시집을 보면 '그 아이'는 칠십이 된 시인 속에 고스란히 살아 있다는 걸 알 수 있다. 여전히 호기심 많은 아이와도 같이 질문으로 시종하고 있기 때문이다. 물론 그 질문들은 아이들이 보통 그렇듯이 정보나 지식을 얻으려는 조바심에서 나온 게 아니라 대단히 시적인, 다시 말해서 아주 엉뚱한 상상에서 나온 것들이다.

상상력의 특징을 엉뚱함이라고 말한 프랑스 철학자가 있지만 그도 그럴 것이, 상상력은 그동안 이 세상에 없었던 생각과

관점, 아무도 생각하지 못한 차원을 번개처럼 열어보이기 때문이다. 우리말에 천지개벽이라는 말이 있지만, 그 새 세상, 새 하늘은 가령 무슨 정치적, 사회적 의도를 무겁게 짊어지고 있는 이념 같은 것이 여는 게 아니라 상상력의 소산인 시적 이미지 하나가 여는 것이라고 할 수 있다.

정치, 사회, 종교적 이념들은, 어느 편이냐 하면, 인간 세상에 무슨 굴레가 되고 그늘을 드리워온 데 비해 시적 표현은 우리를 경이가 만드는 기쁨 속에 있게 하기 때문이다.

> 우리는 구름에게, 그 덧없는 풍부함에 대해
> 어떻게 고마움을 표시할까?
>
> —「9」

구름을 두고 말한 '덧없는 풍부함'은 얼마나 풍부한 표현인가. 그리고 그 말을 듣자마자 우리의 마음은 또 얼마나 풍부해지는가. 여러 가지 느낌과 생각이 구름처럼 피어오를 수 있겠지만, '구름'은 동서고금의 문학작품에서 '덧없음'의 비유로 아마 가장 많이 등장했을 것이고, 따라서 그러한 비유적 의미로 구름처럼 풍부한 게 없을 것이다. 그리하여 시인의 장난기에 동조하며, 구름은 인간이 자기에게 얹어놓은 의미의 하중

(荷重)이 너무 무거워 폭우나 소나기 같은 비를 내리는지도 모른다. 어쨌든 구름은 덧없음으로 풍부하며 인생은 틀림없이 구름을 닮았다.

모든 사물은 그것의 본성으로 풍부하다. 태양은 태양의 본성으로 풍부하고 금은 금의 본성으로 풍부하듯이 구름은 구름의 본성으로 풍부한 것이다. 구름의 '덧없는 풍부함'에 대해 고마움을 표시하고 싶은 시인에게 우리는 어떻게 고마움을 표시할까?

구름은 또 '덧없음'의 다른 이름이라고 할 수 있는 나그네, 방랑, 정처 없음 같은 것들을 가리키는 말로 애용되기도 했는데, 땅 위에서 그것과 조응하는 물건이 있다면 우선 기차일 것이다.

빗속에 서 있는 기차처럼
슬픈 게 이 세상에 또 있을까?

—「3」

다른 예술가들과 더불어 시인이 직감이나 직관의 인간이고, 그의 오감(五感)에 사물이 닿는 순간 남다른 정서적 파동이 일어나 그것들을 새로운 의미로 물들이는 사람이라는 것을 위의 구절은 잘 보여준다.

'빗속에 서 있는 기차'를 보고 더없는 슬픔을 느끼는 것이 이 시인만의 느낌은 아니겠으나, 그 슬픔의 밀도는 읽는 사람의 가슴을 파고들 만큼 크다. 아주 단순한 진술인데 그 울림은 무한하다.

나는 옛날 기차의 기적 소리를 들으면서 그것이 그 기차 속에 있는 모든 인생을 한가닥으로 요약하고 있다고 느낀 적이 있는데, 어떻든 기차는 그걸 타고 다니는 사람들의 삶이나 여로(旅路)와 떼어놓고 생각할 수 없다. 기차는 말하자면 그 삶이나 여로의 요약이다. 그런데 그것이 움직이지 않고 서 있다 — 그것도 비를 맞으면서.

기차는 사람이나 물건을 실어 나를 때 삶과 연결된다. 정지해 있으면 삶(봄비는 생명)과 절연된다. 죽음을 몇 달 앞둔 시인의 작품이라는 생각도 저절로 떠오른다. 외교관으로서 평생 여행을 많이 한 사람이라는 생각과 함께.

네루다는 만년을 살다가 임종을 맞은 이슬라 네그라 바닷가 집 마당에 어디서 구한 것인지 모르겠으나, 수집가답게, 실물보다 작은 기차 화통을 설치해놓기도 하였다.

그리고 그 바닷가 집에서 다음과 같은 절창을 쓰기도 했다.

내가 바다를 한 번 더 볼 때
바다는 나를 본 것일까 아니면 보지 못했을까?

파도는 왜 내가 그들에게 물은 질문과
똑같은 걸 나한테 물을까?

그리고 왜 그들은 그다지도 낭비적인
열정으로 바위를 때릴까?

그들은 모래에게 하는 그들의 선언을
되풀이하는 데 지치지 않을까?

—「49」

    나는 이다지도 쓸쓸한 질문과 마주친 적이 없다. 그는 작품 「35」에서 "우리의 삶은 두 개의 모호한 명확성/ 사이의 터널이 아닐 것인가?" 묻고 있거니와, '두 개의 모호한 명확성 사이의 터널'을 지나는 것인 삶을 살면서 우리가 명확히 하고자 시도하고 길이라고 주장하기도 한 뒤, 우리들 벌거숭이 앞에 남는 것은 위와 같은 질문들이 아닐까.
    그러나 질문한다는 것은 무엇인가? 그것은 모르는 자리로 돌아가는 것이며, 홀연히 '처음'의 시간 속에 있는 것이고, '끝없는 시작' 속에 있는 것이다. 더구나 시적 질문은 생각과 느낌의 싹이 트는 순간으로 타성/관습/확정 속에 굳어 있던 사물이 다시 모태의 운동을 시작하는 시간이다. 우습고 재미있고 엉뚱한 질문은 세계를 그 원초로 되돌려놓으면서 우리로 하여금 태초의 시간이 주는 한없는 신선함 속에 벙글거리게 한다.

실은 모든 뛰어난 예술작품은 꼭 물음표를 붙이지 않더라도 물음표와 감탄사의 숲이다. 그러니까 우리가 예술을 감상(체험)하는 것은 질문과 경이의 숲을 헤매는 일이라고 해도 좋을 터이다.

이 시집의 작품들은 그 연들이 모두 물음표로 끝나는데, 영역자에 따르면 물음표가 모두 316개라고 한다. 그렇다면 316개의 세계(우주)가 봄바람 속에 탄생을 기다리고 있는 셈이다.

시인은 작품 「31」에서 "누구한테 물어볼 수 있지 내가/ 이 세상에 무슨 일이 일어나게 하려고 왔는지?"라고 묻고 있는데, 이것은 일생의 마감을 앞둔 사람 누구에게나 다가오는 마감 시간의 낯섦 속에서 스스로에게 물어볼 수 있는 질문이거니와, 이 『질문의 책』에 비추어보자면, 시인은 이 책을 통해서 자기의 죽음조차도 또 하나의 시작(始作)으로 작동시키는 일을 일으키려고 이 세상에 왔음에 틀림없다.

이 번역은 여러 해 전 심심풀이로 하나씩 해서 갖고 있었는데, 이렇게 책으로 나오게 되어 즐겁다. 책을 만든 염현숙 국장과 김민정 시인에게, 그리고 그밖에 제작에 관여한 사람들에게 고맙다는 인사를 전한다.

번역 원본은 『The Book of Questions』(영역 William O' Daly, Copper Canyon Press, 1991)이다.

2013년 2월
정현종

옮긴이 **정현종**

1939년 서울에서 태어나 연세대학교 철학과를 졸업했다. 1965년 『현대문학』으로 등단하여 첫 시집 『사물의 꿈』 이후, 『나는 별아저씨』 『떨어져도 튀는 공처럼』 『사랑할 시간이 많지 않다』 『한 꽃송이』 『세상의 나무들』 『갈증이며 샘물인』 『견딜 수 없네』 『정현종 시전집 1·2』 등을 펴냈고, 산문집으로 『숨과 꿈』 『날아라, 버스야』 등이 있다. 한국문학작가상, 이산문학상, 대산문학상, 미당문학상을 수상했다. 서울예술대학 문예창작과와 연세대학교 문과대 교수를 역임했다. 옮긴 책으로 파블로 네루다의 『스무 편의 사랑의 시와 한 편의 절망의 노래』 『네루다 시선』 『100편의 사랑 소네트』 『충만한 힘』과 가르시아 로르카 시선집 『강의 백일몽』 등이 있다. 2004년 칠레 정부에서 전 세계 네루다 전문가 100인에게 주는 '네루다 메달'을 받았다.

문학동네 세계문학
질문의 책

| 1판 1쇄 | 2013년 2월 20일 |
| 1판 19쇄 | 2023년 10월 25일 |

지은이 파블로 네루다
옮긴이 정현종
책임편집 김민정 | 편집 김필균 강윤정 김형균
디자인 이경란 유현아 | 저작권 박지영 형소진 최은진 서연주 오서영
마케팅 정민호 서지화 한민아 이민경 안남영 왕지경 황승현 김혜원 김하연 김예진
브랜딩 함유지 함근아 고보미 박민재 김희숙 박다솔 조다현 정승민 배진성
제작 강신은 김동욱 이순호 | 제작처 영신사(인쇄) 경일제책(제본)

펴낸곳 (주)문학동네 | 펴낸이 김소영
출판등록 1993년 10월 22일 제2003-000045호
주소 10881 경기도 파주시 회동길 210
전자우편 editor@munhak.com | 대표전화 031)955-8888 | 팩스 031)955-8855
문의전화 031) 955-3576(마케팅) 031) 955-2678(편집)
문학동네카페 http://cafe.naver.com/mhdn
인스타그램 @munhakdongne | 트위터 @munhakdongne
북클럽문학동네 http://bookclubmunhak.com

ISBN   978-89-546-1965-3 03870
www.munhak.com